KB196943

그늘 속에는 나무가 산다

이필선

충청북도 보은에서 태어났다.
2010년 『시인정신』을 통해 시인으로 등단했다.
시집 『그늘 속에는 나무가 산다』를 썼다.

파란시선 0150 그늘 속에는 나무가 산다

1판 1쇄 펴낸날 2024년 11월 10일
지은이 이필선
인쇄인 (주)두경 정지오
디자인 이다경
펴낸이 채상우
펴낸곳 (주)함께하는출판그룹파란
등록번호 제2015-000068호
등록일자 2015년 9월 15일
주소 (10387) 경기도 고양시 일산서구 중앙로 1455 대우시티프라자 B1 202-1호
전화 031-919-4288
팩스 031-919-4287
모바일팩스 0504-441-3439
이메일 bookparan2015@hanmail.net

ⓒ이필선, 2024, printed in Seoul, Korea

ISBN 979-11-91897-89-0 03810

값 12,000원

그늘 속에는 나무가 산다

이필선 시집

시인의 말

죽음을 앞서 보지 못한 삶이
지쳐 헤매는 저 길들 속에 꽃이 지는 날
머리에 꽃을 꽂고 꽃이 되어 버린 봄날
길.었.다.

허공에 뿌려진 햇살 사이로
못 견디게 설레고 있는 바람이 불고
강에 부딪힌 햇살이 아프게 찔러 올 때
투명한 공기의 무게가 출렁였다.

한 번도 사용하지 않은 계절 속
허기진 풍경이 나를 어떻게 진화시켰는지 안다.

절반이 바람으로 채워져 매달려 있는 공간
무엇을 건드리며 살았을까.

봉인된 걸어온 길들을
이제야 조심스레 풀어 본다.

차례

시인의 말

해설

제1부

서시
—흉터

산과 강물이 지쳐 게워 낸 들판에는
약속도 미련도 없이 바람만 가득했다
그림자조차 만들지 못한 삶을 세워 놓고
물집을 앓고 난 흉터를 본다

시작도 끝도 없는 동그란 흉터는
가끔 꿈틀거리고 간지럽지만 봄의 일부가 되었다

길들지 않은 기억들은 뚫을 수 없는 두터움 속에
속살로 발효되었다
희망은 단단한 뿌리로 숨어
허물어지지 않은 흙 위로 밀어 올린 나무에
봄이 다시 아슬아슬 시작되었다

양수리에서

一

속도를 줄였다
빨리 지나가던 풍경들이 헐떡이며 호흡을 조절한다

집에서 출발한 그리움이 몸을 열어
강물을 받아들이고 있다

맨몸으로 다가오던 울음들이
버드나무 끝에 맺혀 있다가 떨어진다

나뭇가지를 휘게 한 것은
울음이었을까
그 순간이었을까

지독한 가뭄에 드러낸 몸의 흔적들 속에
밤새워 달려도 닿지 못하는
관절과 관절 사이 멀미가 머물다가 간다

미늘에 걸려 펄떡이던 울음이
비로소 물로 흐르는
그리움보다 늦게 도착해도

먼저 흐르고 있는
양수리였다

아이를 찾습니다

—

한 봉지 가루약처럼 오래된 봄 안개는
무게를 가지고 있다

빠져나간 봄은 지금 어디에서 터를 잡고 있을까
잠시 머물다 가는 자리 미련 없다는 듯 꽃잎이 진다

골목 어귀 서 있는 전신주에
전단지가 펄럭인다

골목길을 헤매던 아이들은
떨어진 도토리가 풀숲으로 기어들어 가듯 사라졌다

빠르게 흘러가는 세월이 아쉬운 것은
돌아오지 않기 때문이다
봄바람이 흘러간다

어쩌다 골목 공터에 건물이 들어서고
그 앞 배롱나무에 가을이 왔다

—

기억도 낡아 가는 저녁

얼마 남지 않은 전단지의 내력이
안간힘으로 전신주를 붙들고 있다

소문

옆 단지 덩굴장미와
우리 단지 덩굴장미가
꽃이 피기 시작하면서
슬며시 붙더니 떨어질 줄 몰랐다

햇살이 어설픈 봄을 찾아
사람들의 혈관에 밀어 넣고
바람이 빨간 사연을 실어 날랐다

아파트 위로 희미한 낮달이 떠오르고
꽃물 든 사람들 때문에 아파트가
장미 향기 속에서 출렁이기 시작했다

사람들이 장미꽃 구경하는 사이
이삿짐 따라 홀아비와
독했던 마음 풀린 애 딸린 과부가 사라졌다

그렇게 봄날이 지나갔다

비거스렁이

외진 곳 공중전화 부스에 송화기를 손으로 막고
가늘게 어깨를 떠는 비구니가 있는 저녁

사람과 사람 사이에 그어진 빗금처럼
산의 기울기에 달이 뜬눈으로 익어 간다

주술의 계절을 보낸 상처가
그녀를 산으로 밀어 넣었다

어룽지던 껍질 벗겨진 배롱나무는
단단해져 가는데
목탁 소리는 거미줄에 걸려 스러지고 있었다

비거스렁이에 바람도 차가웠다
자기 몸 때려 우는 종소리가
산을 빠져나가고 있었다

뒷골목

오후가 되자 햇살의 꼬리를
비스듬히 잡아당기며
골목은 도둑처럼 나타난다

파란 대문집 안 키 큰 목련이 있는 길은
진화조차 허락하지 않았다

나를 결박하고 떠나보내지 않은
그곳으로 편지를 다시 쓴다

둥글게 휘어진 막힌 골목에서 첫사랑의 끝을 본다
연은 목련나무를 넘지 못하고 걸렸다

빨리 지워지는 햇볕이
헤어질 때는 느리게 흘러가는 골목
스쳐 지난 것과 스쳐 가는 것들이 만날 때
견뎌 온 울음이 담벼락에 묻어 있다

납작하게 잠든 낮은 지붕 위
새들도 하늘에 등을 대고 잠든다

빗질하듯 달빛이 내려오고
가로등에 허물없이 깜박이며 매달려 있는 전구가
어두운 골목을 달리고 싶어 한다

노점상

그늘 깊은 길가 은행나무 밑
헐값의 푸성귀와 풋고추 마늘 등이
좌판도 없이 쭈그리고 앉아 있다

어둠의 무게로 피워 올린 검버섯들이
삶이 무거워 그림자조차 짧은
여인의 은밀할 것 없는 생을 이야기한다

삶의 옹이마다 버팅긴 힘줄 불거진 손에
담배가 들리고
세월을 걸러 내듯 숨을 몰아쉰다
연기와 같이 딸려 못 나가는 것들이
숭숭 뚫린 뼈 사이사이에 머물고 있다

아침나절 왔다 간 아들에게 엄마는
벌써 삼십 년째 우려내고 있는 사골이다
내가 못 갈켜서… 내가 못 갈켜서…
자식 때문에 한 번도 쉽게 감아 보지 못한 눈에
넋두리처럼 까맣게 어둠이 오후 끝으로 다가온다

언제나 거스름돈이 필요했던 푸른 지폐를
얻기 위해 등골 휜 그녀는
마지막 담뱃재가 땅에 떨어지고 나서야
더 버틸 수 없는 싱싱함을 모아
떨이 가격표를 붙인다

검은 비닐봉지 안으로 그녀가 사라진다

김치에게 들키고 싶은 날

1

첫돌 지날 무렵
딸애가 여린 관절로 스스로 서려 했다
이윽고 힘이 드는지 엉덩이를 빼고 앉는다
걸음마 시킨다고 발등 위에 올려놓는다
내가 앞으로 가면 딸들은 뒷걸음질을 배우고
내가 뒤로 가면 딸들은 앞걸음을 배웠다
그때부터 뒷걸음질하는 인생이 생겼다
봄이 느린 속도로 지나가고 있다

2

내가 운전하는 동안 뒷좌석 셋은 마냥 즐겁다
항상 귀는 그들을 향해 열려 있으면서
끼어들기 힘든 차선처럼 번번이 놓쳐 버리는 대화
열리는 것도 문이고 닫히는 것도 문이었다
백미러로 보이는 딸을 아내를 발등에서 내려놓는 연습을
한다
틈 사이로 바람이 자유롭게 드나들었다

밤비 내리는 정거장에 내린 적이 있다
전화를 하고 싶어도 정거장까지 거리가 멀어
홀로 길을 끌고 집에 걸어간 적이 있었다
적막은 꼭 산속에만 있는 것은 아니었다
제자리에 있으면서 흘러가는 풍경이 있다
휘어진 시간 속에
파스 냄새가 나는 어머니 김치가 먹고 싶은 날이고
혼자인 것을 그 김치에게 들키고 싶은 날이다

부음

친구는 삼 년 동안 누워서 나를 부르더니
햇볕에 하얗게 까무러치며 벚꽃이 지던 날
참지 못하고 우릴 모두 불렀다

사각의 꼭짓점을 가득 채우며
환하게 웃고 있는 친구 얼굴 위로
선명한 시간이 흘러가고
삶이 빠져나간 풍경들이 공중으로 흩어졌다

너는 더는 늙지 않겠지만
오래된 기억들은 흑백으로 변하고
물이 기억하고 있던 뱃길도 하나씩 지워질 것이다

국화꽃에서 울음소리 냄새가 났다

인질처럼 앉은 사람들의 구부러진 대화에
웃으며 듣기만 하는 모습이 보기 싫어
바쁘다는 핑계로 일어섰다

어지럽게 널려 있는 신발을 찾아 신을 때

입구까지 마중 나온 친구가 말을 걸었다

"잘 가"

죽은 사람이 산 사람을 부르는 마지막 소리 부음(訃音)

유년의 시절에도 먼저 말을 걸어오더니

순간 나는 알았다

친구의 죽음을 오랫동안 매만지고 살아야 한다는 것을

사라진 여인

창문도 나누어 쓰는
빛도 고개를 숙여야 들어오는
반지하 공간에 여인의 외로움은 태생적이었다
언젠가는 이 방이 고통으로 녹아내리는
꿈 많은 잠을 자면서
강물처럼 몸을 뒤척였다

세상은 견고한 문처럼 아무런 미동도 없었다
유리창 넘어 그녀가 정적처럼 앉아 있다
편의점에 진열된 물건들은 사람들이 찾아오지만
아무도 여인을 찾으러 오지 않았다
삶의 띄어쓰기와 맞춤법이 틀릴까 봐
행의 간격이 다를까 봐 조심스레 써 내려가는
여인의 손에서 길어지는 목도리
정직한 십자로 한 땀씩 한 땀씩 봉인되는 시간이었다
텅 빈 거리를 밝히는 불빛 속에서
눈 내린 거리를 차들이 길을 만들면 눈은 다시 숨기고
한 번도 하늘에 닿지 않은 십자가들도 흰색 속으로 숨었다
눈이 눈을 덮고 있는 세상은 점점 정갈해져 갔다
겨울이 통증처럼 뱉어 내는 추위 속에

염원으로 길어지던 빨간 목도리를 목에 두르고
먼 길을 나선 여인의 발자국을
하얀 눈발이 하나씩 하나씩 따라가며 지웠다
편의점에 두고 온 핸드폰이 스팸 전화에 비명을 지르기
시작했다

와이어 브래지어

힘든 길을 걸어왔다는 듯이 멈춘 세탁기에서
브래지어가 걸어 나왔다

젖몽우리 밑 그늘에 수런대던 꿈들을
누구보다 먼저 보듬어 주고
길을 찾아 떠난 이들은 기억 못 하는
남아 있는 꿈을 안아 주고
중력에 처지는 삶을 잡아 주기에
차마 헤진 것을 버리지 못하고 살았나 보다

끈적이는 사내의 무게를 가슴으로 밀어내며
주저앉은 생을 묵묵히 채워 왔을 어둠을 들여다본다

자식 때문에 남은 앙상한 사연들이
긴 세월 종교처럼 쥐고 있던 믿음이
브래지어로 흉내 낸 젖무덤 속에서 뒤척이고
눈물로 채워진 가슴이기에
지금도 울음을 꽉 물고 있는지도 모른다

저 앙가슴에 얼마나 많은 소금물이 흘렀을까

와이어는 지탱하는 힘만큼 휘어지기도 쉽다

한낮 봄볕의 무게를 받으며
와이어 없는 딸이 물컹한 젊음에 기대어
와이어가 삐져나온 엄마를 물끄러미 바라보고 있다

홋줄

―

텅 빈 섬이 무인도가 된다
파도는 바닷물의 드러난 뼈마디들
배는 무인도가 되어 파도와 같이 돌아왔다
홋줄이 길이만큼 자유로워졌다
묶인 배들은 파도를 기억할까 바다를 기억할까
출렁이는 마음은 늘 바다로 기울고
화가 난 시간이 실려 있다
하염없이 흘러가다 흠칫 놀란 듯 팽팽하게 긴장한다
정박한 순간 수많은 햇살이 물결 위로 튕겨 오르고
갈매기 날갯짓에 위도와 경도가 살아났다
묶여 버린 시간들이 하염없이 흘러가기 시작했다
배 속에 남아 있는 물들이 출렁거렸다

―

행주대교

구부리지 못해 언제나 뻐근했던 다리는
불면의 밤을 보내다가 허공에 뚝 하고 몸을 놓아 버렸다

길이 잠적했다
뼈를 드러낸 상처들이 제 안의 촉수를 밀어낸다

길에서 희망을 가졌던 사람은 위험하다

먼지처럼 주저앉은 세계 속으로
새 한 마리 곡선의 궤적을 그리며 날아간다

하얗게 날 선 별이 뜬다
어둠 속에서 부를 수 있는 노래는 없었다

이어질 수 없는 간격 앞에
바람만이 자유롭다
잠들 수 없는 밤이 범람하고 있었다

속도가 끊긴 길은 벼랑이거나 절벽이었다

무거운 기다림

생전에 차곡차곡 그늘만 키워 오던 나무가
제일 먼저 재개발 반대 시위를 하다가
결사반대를 외치던 현수막과 함께 쓰러졌다

톱질 당한 시간에서 빠져나간 심장이
그늘을 받아 주던 흙에 부딪힐 때
이야기처럼 천 개의 이파리가 함께 떨어지고
자라지 못하는 뿌리의 깊이만 남는다

북한이 고향인 김 씨는
폐품 모으던 리어카 위에 삶을 실어야 했다

도로 위를 당당히 질주하는 이삿짐 차에는
보호할 삶이 있었지만
리어카에 실려 가는
얼룩진 거울 한 귀퉁이
빛바랜 흑백사진 속 여인만이
붙잡을 것 하나 없는 삶을 붙잡아 주고 있었다

"살기 좋은 아파트로 보답하겠습니다"라는 언덕배기 아래

끼익끼익 덩어리진 울음이 새어 나오고
허물어져 가는 세상 하나가 그렇게 멀어지고 있었다

물수제비 뜨다

—

어떤 갈증들이 모여 돌들과 밀거래한 사연들이
돌탑으로 솟았다
비어 있는 틈에 누군가의 주문을 밀어 넣고
그 위에 다른 기도들이 쌓이고
돌이 돌을 안고 있는 돌탑에
누군가 잔돌 하나 더 얹어 보려다
긴장한 돌들이 바람에 출렁였다
기도들이 무너졌다

무너진 자리 빼곡한 문장들이 사방으로 흩어져 있다
누군가의 기도를 들어 각질 같은 돌을 날린다
날아간 돌이 수면에 머무는 동안
만들어지는 동심원들이 물가의 그늘 속으로 숨어들었다
물의 생각을 읽으며 날던 돌이
피안에 도착하지 못했다
악착같이 살기로 마음먹는다

—

제2부

개심사 가는 길

노을이 신창저수지에
힘을 빼고 투숙하러 올 때
개심사에 떨구어 놓고 온 마음이 생각났다

새들이 울어 그늘진 곳에
탑이 된 돌들이
쌓은 이들의 염원 따라 들숨 날숨을 쉬는
그 길을 다시 오르고 싶었다

휘어진 소나무에
손닿지 않는 가려움을 비비고
바람 가득한 숲속에
원형의 그리움이 맨발로
길을 걷다 보면
개심사가 어느새
가슴속에서 뚝뚝 눈물을 흘리고 있다

유월

—

봄이 먼저 알고

향기를 지우고

끈을 놓은 꽃잎 하나

떨어지는 오후

미처 가지 못한 향기

데리러 바람이 불고

이제는 살고 싶다

사랑 하나 숨겨 놓고

—

화정역

깊숙한 어둠을 이해하려 했지만
아찔한 뱀의 눈처럼 무늬가 없었다

느린 걸음으로 다가오는 어둠이
광장에는 떠도는 사람들을 고요로 밀어내고 있었다

사람들이 나오지 않는
입구는 차가운 눈처럼 깊다

가로등도 꺼진 광장 아래
배를 깔고 지나다니던 기차들은
허물을 벗고 꽃우물 속 꽃뱀이 되었다

납작하게 엎드린 삶들이 꿈틀거리는 꽃향기를 지나
구멍을 통해 슬그머니 지상으로 나와
뿌리처럼 돌아다니기 시작했다

내린 역은 언제나 마지막 정거장이었다

주차장

―

차들이 이중 삼중으로 생각에 잠겨 있다
멀리서 차 한 대가
배기구로 피곤을 쏟으며 들어오지만
쉴 곳조차 찾기 힘들어 돌아 나간다

뒤척이는 재개발 현수막 소리가
허공을 헤매다 사라진다

경비실 입구에 걸린
고장 난 시계의 시간은 갈 곳이 없다

내일은 흐리고 비라는데
아침까지 차들이 생각에서 깨어날 생각을 않는다

차 빠져나간 자리에 아이들의 함성 소리를
뻐꾸기가 쪼아 먹고 있다

―

우울한 갈증

구름이 짊어진 노을의 무게가
석류 알 붉은 속살로 익어 가는 시월에
철새들이 순례자처럼 겨울로 날아갔다

천 개의 날갯짓에
천 개의 억새가 하얗게 흩어지고
흰 달이 떠오르면
그녀는 밤마다 나가 달아오른 어둠으로 사라지고
상처는 꽃의 모습을 닮아 가고 있었다

그녀와 마신 커피가 역류하고
수은이 덧칠된 겨울이 등 뒤에서 서성였다

골방에 버려진 예수처럼 못에 걸린 달력이
떠난 시간 속에 아무것도 돌려받지 못하고
기억으로 펄럭이고 있었다
그녀가 낸 길을 지우기 위해
다른 여자 품에 안겨 긴 울음을 시작했다

이력

—   신발을 신는 순간 날개는 퇴화하고 땅은 꿈을 가지기 시작
했다
외롭지 않기 위해 사람들을 만나기 위해 걷는다
외로운 것은 뼈를 가지고 있다

세상은 기우뚱해 신발과 마찰로 물집이 생기고
뒤축은 닳아서 물집을 어루만졌다
덧니처럼 생긴 굳은살은 언제나 숨어 있고
상처의 위치를 서로 알고 있다는 것은 위안이 된다

신발의 크기가 바뀌지 않을 무렵
시간을 조금씩 깨물어 먹으며 스스로 삶을 유폐한다
햇빛을 밟고 지나가고 싶었던 길 위에
밟힌 풀 한 포기의 초록을 기억한다

신발 끈이 풀려 묶는 곳은 길가였고 그곳에는 꽃이 있었다
꽃잎을 주우니 바닥이었다
나를 비추는 별에서 가장 먼 곳에 있는 것은 발이다

—   내 발에 자신의 몸을 맞추어 가던 신발을 잃어버리고

나로 인해 부러진 향기와 리듬을 모른 체하고 돌아오는 날
부력을 잊은 폐선 곁으로 밀물이 다가왔다

신발의 꿈은 맨발이었고
신발 속에는 달빛이 가득했다
천사는 신발을 잃어 날개가 생겼는지 모른다

비로소 한 줄이 완성되었다

상어는 움직이지 않으면 물에 가라앉는다
—배송 기사의 죽음

1

돌아갈 길이 너무나 굽어 기억이 나지 않는다
녹슨 시간 속에 나사못이
헐거워지고 있었다
공원 벤치 틈새로 흘러가는 뿌리에
누군가 구토를 해 놓았고
비둘기가 쪼아 먹고 자면서 울고 있다
가시같이 까매서 너무나 까매서
어디다 두어야 할지 모르는 그녀의 삶이 있었다
차에 실린 시간으로 까만 김밥을 먹다가
그믐달처럼 누워 천천히 가라앉았다
어둠은 무게가 없었다

2

사람이 필요해서 사랑한 여인이
어둠 속 흰빛 속에 누워
심전도 기계음으로 살아 있다
그녀의 이름은 상처였으므로 그들은 밤마다 헤어졌고

채찍처럼 살아 있는 심전도 그래프는 그를 밤마다 때렸다
심장에서 사라진 기다림이
청구서 종이로 되살아나는 밤
감은 눈 속으로 캄캄한 소금물이 밀려왔다
그믐달 같던 그래프가 비명과 함께 펴지고
그녀의 몸이 해저에 닿았다

이별

―

소주를 마신 꽃처럼
비틀거리며
감기 몸살이 지나갔다

창문 밖으로
너에게로 가는
수많은 길에
나뭇가지가 흔들리고 있었다

허공에는 항상 벼랑이 있다

날개를 달지 못한 기억이
비처럼 쏟아지기 시작했다

기억만으로도
아픈 이름이 있다
네가 없어도
살아야 한다

―

장마

흥건한 빗소리가 생각을 구부려
여러 겹의 기억을 만든다
기억을 바로 펴는 데 한 계절이 지나갔다

저 수없는 파문이 종소리처럼 울고
연못이 바닥인 줄 알았는데
잠자리가 만들어 놓았던 고요는 없다

이 한 철 이렇게 출렁이고 있구나
단단한 계절이 오면
모든 것을 또다시 끌어안고 살겠구나

비는 비의 무게로 떨어지고
빠져나가지 못한 바람이 서성이고 있다

여름의 끝

—

바람이 필요해서 너를 사랑했다

길든 그늘에 앉아
겨우 얼굴만 내민 내 그림자를 본다

멀리서 떠밀려 오는 빛이
살갗에 닿을지 나를 소멸시킬지
가랑잎 하나 흔들리지 않는 오후에

강물의 깊은 비린내가 눈을 뜨고
짧아지는 그늘 속에서 시간은
멈추기 위해 저녁으로 넘어가고 있었다

그늘이 좀 더 짙은 어둠으로 바뀔 때
보이지 않아 훔치지 못한 별을
아무도 쳐다보지 않았다

사라진 그늘 속에서 그림자가 일어났다
문득 매미 소리가 빠르게 소멸해 간다

—

가파른 시간에 바람이 불기 시작했다

송년회

―　　나중에 들어오는 친구가 탁탁 옷을 털자
　　소금처럼 눈이 떨어졌다
　　친구들은 앉아서
　　나누어 가졌던 시간과 계절을 술잔에
　　담아 서로 삭제하고 있었다

　　화덕 위에서 고등어가 유령처럼 떠돌기 시작했다
　　푸른 비린내가 타들어 가는 이유를 아무도 궁금해하지
않았다

　　시퍼런 칼날에 뜨거운 피를 쏟아 내고
　　우두둑 내장이 긁힌 맨살에
　　바다를 잊지 말라고 소금을 꾹꾹 눌러 넣었다
　　하늘을 자기 등에 문신처럼 새겨 넣고
　　시퍼런 존재의 이유를 가졌던 고등어였다

　　석쇠 위에 검게 형체도 없던 고등어가
　　불이 붙어 파도 소리 내며 소멸하고 있었다

―　　고등어는 뒤집어지지 않았다

화석은 때로는 다르게 인화되기도 한다

가지에 걸터앉은 눈들이 바람에 날리는 저녁
불평 없이 바람에 길을 내주고 있는 깊은 겨울이었다

허공에는 길이 있다

一 　허공은 추위에 침묵하고 있었다

　저무는 호수 위에
　떨어지는 석양 속으로
　배회하던 바람에
　난다 가창오리 떼

　허공에는
　허공에 갇힌 바람 소리만 남는다

　지난 계절 속에
　새가 만들어 놓은 궤적 따라
　나무는 조금씩 흔들리면서
　스미고 싶었던 마음을
　허공에 밀어 넣는다

　나무는 철새가 약속을 지키는 계절에 자란다

　날면서 부딪혀 떨어지지 않는
一 　자라면서 엉키지 않는

허공이 잡아 준 길
깊어지는 세월
새 날고
나무가 가지의 가지를 밀어내는 날

허공을 순간 놓친다

삶은 공백을 허용하지 않는다

꽃잎이 앉았던 자리
힘겹게 어둠을 밀어낸 달이
뼈마디 드러나는 길을 슬프게 품고 가는 밤
바람마저 숨었다

평생 산을 넘었지만 산을 벗어나지 못한
어머니의 몸이 가볍다

풀잎처럼 누워 있던 삶이
나무같이 단단하다

고정된 체위
움직이는 무심한 시선 속에
새 한 마리 비로소 눈 덮인 산을 넘는다

제3부

정적

텅 빈 대낮에
사금파리에 찔린 햇빛이
맨드라미를 키우는
한 뼘 마당에
햇살의 잔뼈가 드러났다

날아온 나비의 날갯짓에
바람의 뒤태가 보였다

고요가 풀렸다

안부가 궁금해지는 계절

一

담벼락에 걸린 우체통에
가끔 안부를 묻던 고지서조차 끊기고
거미 없는 거미줄이 무성하다

마당에는 오래된 햇살이 머리를 풀어헤치고 있고
잡초 속에 빈집이 잠겨 있다

퇴행성관절염에 삐딱한 방문을 열자
떠난 날을 기억하는 듯 달력이 놀라 펄럭이고
먼지 깊은 세월이 몇 겹으로 이별을 보호하고 있다

눈물방울처럼 글썽글썽 열린 대추나무 아래
장독대에는 깨진 항아리가
햇빛과 달빛과 비와 바람을 탁발하고 있다

한 치 깊이의 비밀이 스며들어
항상 경계 지역에 있던 아장살이
기억하는 사람이 없어진 이후
우렛소리와 함께 무너져 있다

一

가을은 벌써 마음 닫으라고 밀려왔다   —

*아장살이: 아기를 장사한 곳.   —

개기월식

—

시간의 테두리가 하얘졌다

지구의 그림자 속을 지나가는 달빛을

심장으로 끌어안은 밤

어둠으로 인화되고

빈혈에 시달리는 내 안의 침묵들이

가루약처럼 달빛이 떨어지는 숲에서

오래된 늑골 사이로

껍질로 굳어진다

어둠은 지워야 할 치부처럼 묻어나고

사막에서 고독처럼 태양이 사라진다

—

아무것도 읽을 수 없는 밤이다

하품

—

바람이 될 수 없어
입안으로 밀려온 공기 때문에
억새는 흔들리지 않았다

턱의 관절이 다물어지지 않는다
결국 눈물 한 방울과 바꾸고
공기는 제 단단한 몸을 허물었다

때로는 헛것들도 사리를 만든다

—

환상통

담쟁이처럼 멈추지 못하고

기어 나온 통증들이

언제나 네 이름 앞에서 멈추는 밤

이별은 발자국을 남기지 않는다

너 떠난 자리

내가 앉아 운다

무지외반증

아내를 실어 나르던 구두가
땀내 전 굳은살의 향기를 풍기며
곤하게 누워 있다

구두코에 하얗게 돋아난
소금기 있는 상처를 닦고
밑줄 긋지 못한
텅 빈 아내의 삶을 세운다

거리는 반듯하지 못해
구두도 힘들게 휘어져 가고 있을 때
나는 무슨 꿈을 꾸고 있었는가

비탈길 많이 걸어
한쪽으로만 닳아 없어진 굽으로
만들어 내는 아내와 그림자의 예리한 각도
그 사이 어디에 나는 있었나

낙엽에 숨은 푸른 계절 뒤편에 있는
뿌리의 기억을 찾아낼 수 있을까?

아내의 구두는

나를 기다리다 소파에서 잠든
아내의 숨소리가 주문처럼 일정하다

아버지

一

허수아비

청청한 하늘 눈부신 산
바람조차 없는 여름
땡볕에 푹 익은 들녘에
아버지의 숙명은
두레박을 던지고
노을이 절망으로 번지는 벌판 위로
가뭄은 상처처럼 깊었다

풀벌레도 울지 않는 뜨거움 속에
어둠은 별과 함께 오고
그해 가을 아버지는
끝끝내 허수아비로 살아남아
비에 젖고
잠든 머리맡에 앉아
어머니는 아버지의 상처를 기우셨다

그해 여름

一

어린싹들의 처절한 기억력 앞에
명치끝부터 흘러내리는
마지막 울음소리가 들리고
가슴 밑 어두운 들녘에서 돌아온 것은
아버지의 텅 빈 그림자였다

구름의 무게로
하늘이 초가집 위로 가까워질 때
아버지는 고향이 외면하는 짐을 꾸렸다
꿈틀거리던 하늘에서
흘렸던 땀방울처럼
뚝, 뚝, 푸른 비가 내리던 날
들녘은 젖어 갔지만
어긋나기 시작한 아버지의 삶은
젖지 않았다

진달래

도시에 진달래 향기가 찾아오던 날
세상이 조금씩 일어서고

죽음은 봄을 깨뜨렸다

보이는 죽음 속에
보이지 않는 아버지는
피 울음 속에 상여 타고 산을 올랐다

땅의 껍질을 한 겹씩 벗기면
속살 시린 땅은
햇살로 살아
하늘로 차오르고

무수히 조각난 모태에 새살은 돋아
흙은, 혼은 조금씩 깨어나고 있었지만
먼지 묻은 온갖 생애는
허기진 꿈들은
끈끈한 울음으로 모아
산을 적시고
봄비 속에 세월 속에
반달로 남았다

연(鳶)

영하(零下)의 어둠은
문지방을 갉아 내는 바람을 타고
눈 맞은 수만큼의 지친 시간을 이끌며 오는
아버지의 걸음 소리가 꿈속에 울리고

깊어진 겨울의 모서리를 녹이는
아직은 새하얀 꿈의 꽃밭에서
연을 날린다

소년의 꿈속에 아버지는 연이 되어 날고
팽팽한 그리움은
가난한 고향으로 가는 길을 따라 날다
연줄을 놓으면
망설임 없이 아버지는 허공 속으로
고향 속으로 날아갔다

고백

—큰딸 한솔에게

삼류로 살았다고 사랑도 삼류로 하진 않았다
너의 맘 안다고 하며 지내 온 세월
너를 헤아리지 못한 밤들 미안하다 하지 않겠다
아끼던 크레용 부러질 때 꿈도 부러질까
갈 곳 없어도 아버지란 이름으로 나가야만 했던 시절이
었다
봄을 찾아 헤매던 구두 밑바닥에
저무는 가을 젖은 낙엽이 겨울처럼 따라붙고
빈손으로 돌아와 같이 먹던 저녁을 어찌 잊겠니
나의 삶이 문법에 맞지 않아
너의 삶에 황조롱이가 둥지 틀고
아직도 서로의 애정이 비틀거려
이 계절에서 저 계절의 시간만큼
이쪽저쪽 방의 먼 거리만큼
너의 세계가 자라고 있음을
반성 없이 자라는 나무이길 바랐다
그림자도 나를 버리는 저녁
그 어둠 속에서 항상 내가 버틸 수 있는 힘은
부를 수 있는 이름들이 있었기 때문이다
가지가 꺾여 옹이가 지는 것은

다가올 태풍에 잘 버티기 위함이라고
이렇게 말할 수밖에 없는 내가 싫었다
너의 손을 잡고 걸어 들어갈 때
그 음악과 그 시간이 영원이 되고
내 손에서 네 손이 떠날 때
한 세계를 닫아야 한다는 것을 안다
이제는 따로 누워야 하는 집이 있다는 것도 안다
너 떠난 방이 빈방이 되고 다시 무엇으로 채워지겠지만
내 마음속 빈방은 무엇으로 채우랴
굳게 닫혀 있던 너의 방을 이제야 노크 없이 열어 본다
텅 빈 세월이 가지도 오지도 않은 채 남아 있다
얼마나 많은 시간을 빗질하며 살까
유효기간 없는 너에게로 가는 길을 찾아서
닫아야 하는 너의 방을 닫지 못하고 조금 열어 놓는다

고백
—작은딸 민솔에게

一 　자라는 널 보며 하루하루 아깝지 않은 날이 없었다

　기억이 얼마나 많은 망각을 키우는지 정지된 기억들이 항상 좋을 수는 없다는 것을 마음 우묵한 곳에 가끔 빛이 들었다 사라져도 네가 아빠라고 불러 줄 때마다 아버지인 것이 너무나 좋았다

　자라는 것은 나무 같아 어느 높이에서 멈추는지 몰랐다

　기억은 화석처럼 남는다 내가 내 살을 뜯어먹었던 어두운 날 너는 본능적으로 창문을 열었고 별 따라 떠나간 골목길은 어둠의 무게로 무거워 번번이 끊어지고 오답 없는 인생에 정답이 있는 것처럼 말하며 너의 시선을 좇아갈 수 없어서 너를 향했던 거친 시선들

　불현듯 찾아오고 홀연히 떠나가는 계절처럼 뒤돌아선 너의 시선이 먼 곳을 향할 때마다 해 준 것도 해 줄 것도 없어 나는 슬픔과 싸우는 법을 배워야 했다

一 　낙엽 진 자리에는 흩어진 새소리만 남았다

72

서로 밑줄 친 곳을 이해 못 하는 용서받아야 할 기억과 용서할 수 없는 시간 속에서 조금씩 이해되는 계절에 웅크리고 앉았던 자리가 증발한 하얀 얼룩을 기억한다

　범람하던 그 많은 길에서 채워지지 않는 공복으로 차가운 겨울을 보내며 제 몸에 새긴 지도로 길을 찾아가는 비둘기처럼 구겨진 시간을 묵묵히 펴던 너를 나는 지켜볼 수밖에 없었다

　설명서 없는 길 위에 우두커니 서서 불어오는 바람의 모서리는 돌려놓았는지 돌려놓은 시간을 잘 채우고 있는지 삶이 가득 들어 있는 가방을 가끔 들어 무게를 가늠해 보면서도 한 번도 무게를 묻지 못한 아빠를 용서해 다오

　나에게 기댄 너의 손이 떠나가면 울음으로도 덮지 못하는 날들을 가도 가도 봄이었던 길을 더듬으며 마취 없이 기억들을 꿰매야 하겠지 떠난 자리 보며 긴 밤을 보내야 하겠지

시도 때도 없이 낮달이 하늘에 머물고 있거든
엄마의 그리움이 떠 있는 줄 알아라

오래된 사진

반드시 기억해야 하는 얼굴이
아직 그대로 있는 시간 속에
그림자처럼 떨어져 있다

청춘에 데인 상처까지 분명한데
시들 것 없는 얼굴 속으로
치열했던 삶은 헐거워져 가고
아무도 흐르는 세월을 막지 못했다

흘러가지 못하는 시간 속에
밑줄 그어 떠나지 못하는
저 삶이
투명한 가을 햇살에 낙엽처럼 서성인다

CCTV

―

눈을 떠 보니
버릴 수 없는 운명같이 풍경이 정해졌다

흑백의 반가사유상처럼 앉아 있는 아낙 앞으로
바람과 햇살이 쌓인다

거리를 지나가는 바람은 질긴 인연이 있어
사람과 사람 사이를 지나가고
짖지도 못하는 노숙견이
달리기를 거부한 자동차가 옆에 주저앉아 있다

벌써 사흘째

편의점에서 영양제를 마신 사람은
빈 냄비를 휘젓던 숟가락처럼 아득하다
건물에 있는 계단은 벼랑의 시작이었고
언덕을 오르는 계단은 언덕을 넘어 본 적이 없다

나무에는 떠나간 잎들의 염원이 걸리고
새들이 열매를 쪼고 있다

―

스며드는 것은 이유가 없다
풍경은 거기서부터 시작된다
짙어지거나 옅어지거나 무겁거나 가볍거나
무심히 비가 내린다

분실된 추억들이 지하철 입구에서 손을 흔든다
공복처럼 텅 빈 풍경이 면벽이 되고
풍경은 경전을 펼쳐 놓는다

말도 없이 헤어진 연인들의 아득한 거리만큼
남아 있는 것들만 풍경이 된다

돌아가다

바람도 없이 지는 낙엽을 보며
빠져나가지 못한 꿈들을 모른 척한다
가을은 향기를 기억하고 있다
이제는 떠나라고 비도 온다

이별을 준비하는 가벼운 몸이다

버스가 목적지를 스스로 알고 간다
올라갈 때도 비탈이 있고
내려올 때도 비탈이 있다

빈 길로 내려와 서 있는 가로등이 무심하다
입안에 갇힌 돌이 단단하다
또 우산이 없다
공터에 버려진 의자가 쉬고 있다
비가 귀에 부슬부슬 소리 내며 내리고 있다
무엇을 위해 꺾었던 꽃인지도 기억이 안 나는데
내가 문 닫아야 하는 방에
용서를 물어보던 도스토옙스키 뒤로
어둠이 웅크리고 있다

꽃다발

묶이는 것에는 다른 삶이 있고
이윽한 향기가 허공에서
너의 잔 숨결까지 들이킨 날
낮과 밤에는 지울 수 없는 무늬가 있다

향기가 시들지도 익지도 못하고 있다

결대로 찢어지지 못하는 소리가 바스락거린다

햇살의 무게에 향기가 뼈가 되어 주저앉는다
숨을 들이쉬면 물컹하고
뼈가 꿈틀거린다

기억의 어두운 부분

—

비탈길에는
언제나 굴러갈 꽃들이 있고
우뚝우뚝 멈춰 선 나무가 있다

뱃사람들은 돌아가기 위해 배경을 기억하듯이
시간을 줄줄이 외워 보지만
지나서 보이는 것들이 왜 이리 슬퍼지는지
잘 있어라고 인사도 못 한 것들은 늘 복잡하다

빗물에 나무가 팽팽해지고
숲속에 서성이던 바람이
서늘한 뿌리만 뒤척일 뿐이다

저녁이 보이는 것들을 지워 가고 있다
그 안쪽에 마음 걸어 두고 가라앉아
밀어낸 사람들에게 인사하기 시작했다

—

제4부

폐역

길은 사람이 그리워 한없이 길을 내고 있지만
새조차 그 길로 오지 않는다
그림자조차 사람의 뒤로 돌아설 때
해 지는 쪽으로 새가 날아가는 것인가
새가 날아가는 쪽으로 해가 지는 것인가
사라진 철길 끝에서
시간에 지쳐 기적 소리 가도 오도 못 하고
침묵이 침목을 만지작거린다
내렸던 사람이 돌아오지 않는 이곳엔
기다림이 모여 산다
완행열차처럼 내리는 가을비에
오래된 의자가 제 무게에 관절을 꺾고 있다

쇼펜하우어가 궁금해지는 밤

一 문을 열지 못했다
겨울과 봄 사이
꽃들이 방황하고 있다
밤새워 쓴 연애편지에
장마에 곰팡이가 영토를 확장하듯
남은 흔적들이 이력처럼 붙들고 있다
흔적을 털어 내자
바람이 지나간 자리 선명하다
목마름을 견딘 휘어져 버린 통증이 보였다
정갈한 기다림이 있던 시간에
내 것이 아닌 사랑
떠나보낸 자리에
벗어나지 못하는 스물이 있다
꽃조차 마음을 닫게 하는
바람이 찬 계절에서 불고 있다

一

쇼펜하우어가 떨어진 길

금이 간 하루에 기름이 새어 나온다
길에서 기름이 트림하기 시작하자
이끼처럼 소름이 돋기 시작했다
적막을 간직한 가로등이 산으로 간다
책갈피에 숨어 있는 마른 잎처럼
생을 마감한 무게 21g이 길 위로 흘러 다녔다
잠든 아기 손에 고이는 짧은 오후처럼
삶에 여백이 없다
사나운 잠자리에 숨어 있던 서늘한 욕망이 다시 움직인다
아침부터 내 몸을 기어다닌 햇살이 어둠에 갇히고
불빛에 우수수 쏟아지는 빗줄기들이
아찔한 각도로 유리창을 두들긴다
거친 숲속을 달리던 마른 잎들이
아직도 비린 길 위를 헤엄치고 있다

쇼펜하우어가 떨어진 저녁
—마네킹

—

어두운 시간을 바라보는 고양이처럼
수정할 것 하나 없는 무음으로 서 있다
햇살이 그녀에게서 떠나자
길었던 계절이 요약되어 떨어졌다
멀리서 나무 쓰러지는 소리가 났다
다른 계절 속으로 들어가기 위해
체위가 바뀌고
침과 바늘과 뼈의 시간을 가져야 한다
마네킹 계절 뒤에 수없이 박혀 있는
시침들이 움직이기 시작한다
단단한 중년의 삶이
한때는 물결이었을 때
값싼 연애가 창문을 곁눈질하고
바람 타고 먼저 가는 소문들이
내일이면 종교처럼 거리를 활보할 것이다
누워 있던 거리와 청춘이 살을 섞으며

—

오후 세 시

햇빛이 그늘을 키우다가
나무에 걸려 무덤덤하게 머물고 있다
베르테르의 편지처럼
꽃이 져도 낙엽이 져도 이상할 게 없다

말랑말랑했던 관심이 집착처럼 굳어진다
몇 겹으로 접힌 그늘이 깊다

하루의 속도가 바람을 저항 없이 보내는 시간
숨어 있는 절 앞마당의
잘 여문 가을볕처럼 할 일이 없다

베르테르의 편지가 가을 속으로 떨어졌다

조마조마한 시간이다

그늘 속에는 나무가 산다

―   풍경은 채워진 것이 없으면 헐겁다

　　태양이 만들어 낸 풍경은 그늘을 가지기 마련
　　아무도 그리워하지 않는
　　빛은 그림자를 보지 못한다

　　드러난 것은 언제나 시간이 지나간 모습이다
　　항상 그늘은 생각을 품고 있다

　　생각은 빛에 말리는 것보다 그늘에 말려야 한다
　　그림자는 낮은 곳에 있고 슬픔은 그림자 곁에 있어 당당
하다
　　꽃들이 자기 씨앗을 만드는 계절이다

　　나팔꽃과 분꽃이 서로 곁을 주지 않는 것은
　　노을이 저렇게 낮은 자세로 풍경을 가득 채우기 때문

　　낮과 밤이 포옹하는 것은 서로 겹치지 않기 때문이다

―   술병들이 취해 쓰러지는 저녁

아직 골목길에는 떠난 사람이 없고
저녁이 그늘을 지우며 어둠이 되어 발바닥에 닿았다

보이지 않는 것에 안도한다
익숙해지지 않아도 되었다

유리창

살고 있다는 것은
깊고 낮은 곳에서
속살 찢어 비집고 돋아난
제 그림자를 갖는 일이다

빛을 삼키기 위하여
어둠도 삼켜야 하는데

어떠한 미련도 갖지 않기 위하여
너는
그림자조차 버렸구나

입동 즈음

파도 소리를 내면 커튼이 걷히자
길들이 숲속으로 들어가고 있었다

햇살이 각을 잡으며 들어와
기름기 없는 침묵을 뒤척이게 했다

링거병 수액들이 힘겹게 떨어지며
피 흐른 흔적들 찾아가 채운다
묵음이 가득한 눈을 읽을 수가 없다

햇볕에 흔들리는 침묵 든 폐선처럼
섬이 해안선 끝에 아득하게 붙어 있다

아무 일 없을 것 같은 허기지는 점심이다

오래된 가을이다

침대에서 깨다

숲속 깊숙이 몸이 가라앉고 있다
혹은 아파 오고 있다
생활에서 너무 멀리 떨어져 있다
고독을 눌러 담고 있는 나무는
에스프레소처럼 깊었다
포갤 수 없는 나무들 사이로
바람이 흘러내리고 있었다
어디서 날아든 것일까
새 한 마리 날갯짓으로 파문을 만든다
그런다고 고독이 구부러질까
가지들은 더듬고 싶었던 사연 따라 자라지만
나는 자랄 수 없는 나이가 되었다
나무는 꽃을 버리고 열매를 버려도
가시는 버리지 않는다
나무들이 긴 생각에서 깨어나고
커튼 사이로 아침이 들어오기 시작했다

오래된 기억에는 윤곽이 없다

길에서 사랑을 잃어버리고
그녀가 묶어 놓은 시간에
서 있는 나를 본다

우편배달부가 지나다녔지만
한 번도 사랑을 부치지 못하고
그녀 모습 뒤로 생긴 길을 걷다가
생피처럼 붉은 석양을 닮은 감기를 앓아야 했다

잘못 계산된 영수증처럼 낡아 버린 편지는
겨울로 가 다시 못 올 헛소리가 되었다

못 갚는 빚에 기한이 없는 것처럼
떠나보내지 못하는 이별을 매일 한다

뱀

一 　한 해의 바닥 같은 십일월
　　　빈집 대문에 걸려 있는 우체통에
　　　마른기침같이 거미줄이 걸려 있고
　　　두통처럼 자란 마당 잡초 사이로 보이는
　　　허물에는 침묵이 간섭한 바람이 남아 있었다

　　　허물어지지 않기 위해 허물을 벗었지만
　　　우로보로스처럼 꼬리를 잃은 몸뚱어리는
　　　담장 밑에서 휘파람 불면 다시 돌아올까

　　　하얀 찔레꽃 덤불 아래 숨겨 놓았던 허물은
　　　달빛이 들어앉아 첫사랑과 함께 주저앉았다

　　　바닥을 기던 삶은 지금 어디쯤 가고 있을까
　　　하늘에는 파충의 전설을 닮은 구름이 걸려 있었다

　　　풀섶 사이 죽은 길을 살리는 강을 보고서야
　　　나는 중독된 것을 알았다

—　　　네가 버리고 간 겨울은 혹독했다

뾰족한 기억에 꿰맨 상처가 터지는 길 위에
아득한 너의 얼굴이
부드럽게 나를 지나 어둠을 지나 사라져도
너에게 물린 상처는 지금까지 치명적이다

별똥별이 위경련을 일으키며 떨어지는 고향이었다

겨울 풍경

구름이 잘게 부서지며 내려와
푹신한 시간이 조금씩 무거워졌다

단풍잎은 책갈피에 남고
눈 그친 마을에
혼자 깊어진 내재율만 남았다

엎드려 쓴 글들에 여백으로 남고
달빛은 슬그머니 창을 넘어
방으로 스며들었다

구름 속에 스민 최초의 눈물을 탐색하기 위해
나무들이 새를 날려 보내고 있었다

자화상

정확한 계절의 기억은
만나야 할 곳에서 만나고 있었다

다른 풍경들끼리 만나 한 몸으로 섞이는 동안
무겁게 변해 온 강물은 굶어 가고 있었다

아득한 세월 속에 잡히는 물결들
날아간 나비는 돌아오는 길을 잃어버렸다

바람은 나비의 궤적을 알려고 노력한다

길을 게워 내지 못하는 빈 들판에 가을이 잠기고
서걱거리는 갈대에 황혼이 어둠에 지워지고 있었다

정암사 주목나무

─

당신이 낸 길에

침묵으로 변한 고집이 서 있다

얼마나 많은 세월을 집어삼키고 보냈을까

저렇게 무섭도록 깊은 속을 나는 본 적이 없다

텅 비어 있는 저 심연 속으로 빨간 등이 켜진다

바람에 여위어 가는 고요가 뜯기고 있다

당신이 다시 돌아온다는 말에

나는 주목나무를 다시 주목했다

─

그늘로서의 에토스와 사랑의 파토스, 혹은 윤리적 앙가주망의 시학

박남희(시인, 문학평론가)

1. 그늘 이미지와 윤리적 앙가주망의 시학

우주에는 그 어디에나 빛과 그늘이 있듯이 인간의 삶에도 빛과 그늘이 존재한다. 하지만 빛과 그늘은 스스로의 경계를 쉽게 노출하지 않아서 그 경계는 늘 모호하다. 우리는 일반적으로 빛을 긍정적이고 개방적이고 희망적인 의미로 인식하고, 어둠을 부정적이고 폐쇄적이고 절망적인 의미로 인식한다. 이러한 일반론이 문학이라는 카테고리 안으로 들어오면 그 고정된 의미는 약화된다. 문학에서 그늘 이미지는 윤리적 앙가주망의 서사와 결합하여 부조리한 사회 비판이나 자기반성과 연민, 소외와 결핍 상황에 대한 올바른 인식 등으로 나타나기도 한다. 이러한 성향은 이 글의 텍스트인 이필선 시인의 시 전반에 걸쳐 드러나는 특징이기도 하다.

이필선의 시에서 유독 그늘이나 그림자, 어둠, 골목 등의 이미지가 죽음이나 가난, 소외, 상처, 상실 등의 관념이나 개념을 거느리고 나타나는 것은 그의 내면에 윤리적 앙가주망이 자리하고 있기 때문이다. 프랑스의 실존주의 철학자 장 폴 사르트르가 주로 사용했던 '앙가주망'이라는 용어는 인간이 주체적으로 개인적인 일과 사회적인 일에 참여하는 것을 말하는데, 그 바탕에는 윤리의식이 깔려 있다. 이필선의 시에서도 그늘과 연관된 이미지의 근저에 이러한 윤리의식이 자리하고 있다.

한 봉지 가루약처럼 오래된 봄 안개는
무게를 가지고 있다

빠져나간 봄은 지금 어디에서 터를 잡고 있을까
잠시 머물다 가는 자리 미련 없다는 듯 꽃잎이 진다

골목 어귀 서 있는 전신주에
전단지가 펄럭인다

골목길을 헤매던 아이들은
떨어진 도토리가 풀숲으로 기어들어 가듯 사라졌다

빠르게 흘러가는 세월이 아쉬운 것은
돌아오지 않기 때문이다
봄바람이 흘러간다

어쩌다 골목 공터에 건물이 들어서고
그 앞 배롱나무에 가을이 왔다

기억도 낡아 가는 저녁
얼마 남지 않은 전단지의 내력이
안간힘으로 전신주를 붙들고 있다

　　　　　　　　　　　　　—「아이를 찾습니다」 전문

　이 시는 표면적으로 심인(尋人), 즉 사람을 찾는 내용의 시
로 읽히지만, 이 시에 등장하는 잃어버린 아이는 2연에서
"빠져나간 봄"으로 은유됨으로써 그 의미가 확장된다. 인
생에 있어서 유년 시절은 계절로 말하면 봄에 해당한다.
봄은 희망과 생성의 계절이다. 그런데 이 시는 "오래된 봄
안개"나 "빠져나간 봄"이라는 표현을 통해서 '봄의 실종'을
암시하고 있다. 성경에는 어린아이와 같지 아니하면 결단
코 천국에 들어가지 못한다는 말이 나오는데, 이 말은 어
른에 비해서 어린아이가 가지고 있는 순수성과 천진성을
강조하고 있는 것이다. 이 시의 '아이' 역시 순수성과 무관
하지 않다.
　이런 관점에서 2연의 "빠져나간 봄은 지금 어디에서 터
를 잡고 있을까/잠시 머물다 가는 자리 미련 없다는 듯 꽃
잎이 진다"는 표현은 단지 가 버린 봄에 관한 이야기가 아
니라, 실종된 아이로 표상되는 희망과 순수성을 잃은 현대
에 대한 안타까움이 내재되어 있다. 그러므로 6연의 "어쩌

다 골목 공터에 건물이 들어서고/그 앞 배롱나무에 가을이 왔다"는 표현은 무자비한 개발로 인해 당대의 순수성과 희망의 봄이 가 버리고 벌써 가을이 왔음을 말하고 있는 것이다. 이러한 상황은 화자로 하여금 삶의 무게를 새롭게 인식하게 해 준다. 1연의 "오래된 봄 안개는/무게를 가지고 있다"는 구절에서 '무게'는 화자가 느끼는 윤리의식으로서의 무게로 볼 수 있다.

생전에 차곡차곡 그늘만 키워 오던 나무가
제일 먼저 재개발 반대 시위를 하다가
결사반대를 외치던 현수막과 함께 쓰러졌다

톱질 당한 시간에서 빠져나간 심장이
그늘을 받아 주던 흙에 부딪힐 때
이야기처럼 천 개의 이파리가 함께 떨어지고
자라지 못하는 뿌리의 깊이만 남는다

북한이 고향인 김 씨는
폐품 모으던 리어카 위에 삶을 실어야 했다

도로 위를 당당히 질주하는 이삿짐 차에는
보호할 삶이 있었지만
리어카에 실려 가는
얼룩진 거울 한 귀퉁이

빛바랜 흑백사진 속 여인만이
붙잡을 것 하나 없는 삶을 붙잡아 주고 있었다

"살기 좋은 아파트로 보답하겠습니다"라는 언덕배기 아래
끼익끼익 덩어리진 울음이 새어 나오고
허물어져 가는 세상 하나가 그렇게 멀어지고 있었다

—「무거운 기다림」 전문

　산업혁명 이후 근대는 눈부신 과학의 발달과 맞물려 물질 중심의 계층화가 이루어지고 글로벌화된 경제 환경은 선진국과 후진국, 대기업과 중소기업, 소득의 상류층과 하류층 등으로 분류되어 소득분배의 양극화 현상이 가속되어져 왔다. 노후화된 생활공간을 새롭게 바꾸려는 재개발 붐은 우리 주변에서 흔히 볼 수 있는 현상이지만, 그 이면을 살펴보면 재개발된 아파트는 개발 이전의 입주민에게 돌아가지 않고, 가진 자들의 재테크 수단으로 이용되는 경우가 대부분이다. 후기근대론자인 울리히 벡은 이러한 사회를 위험사회(Riskogesellschaft)로 명명한 바 있다. 그에 의하면 현대사회는 항상적인 위험에 노출되어 있어서 경제적 고위층일수록 위험에 대한 회피 수단을 다양하게 제시함으로써 위험을 회피할 확률이 높아지지만 경제적 하위층일수록 회피 수단의 종류가 협소해져 위험의 부담을 더 많이 지게 된다는 것이다.
　위의 시에는 이러한 위험사회 속에서 척박한 현실에 제

대로 대응도 못 하고 리어카의 이삿짐과 함께 실려 가는 북한이 고향인 실향민 '김 씨'의 쓸쓸한 모습이 투영되어 있다. 이 시의 1연의 "생전에 차곡차곡 그늘만 키워 오던 나무가/제일 먼저 재개발 반대 시위를 하다가/결사반대를 외치던 현수막과 함께 쓰러졌다"는 진술로 미루어 보면 "생전에 차곡차곡 그늘만 키워 오던 나무"로 은유된 '김 씨'도 재개발 반대 시위를 했지만, 결국 자본의 힘에 제대로 대항조차 해 보지 못하고 힘없이 "허물어져 가는 세상" 속에 편입될 수밖에 없었음을 알 수 있다.

깊숙한 어둠을 이해하려 했지만
아찔한 뱀의 눈처럼 무늬가 없었다

느린 걸음으로 다가오는 어둠이
광장에는 떠도는 사람들을 고요로 밀어내고 있었다

사람들이 나오지 않는
입구는 차가운 눈처럼 깊다

가로등도 꺼진 광장 아래
배를 깔고 지나다니던 기차들은
허물을 벗고 꽃우물 속 꽃뱀이 되었다

납작하게 엎드린 삶들이 꿈틀거리는 꽃향기를 지나

구멍을 통해 슬그머니 지상으로 나와
뿌리처럼 돌아다니기 시작했다

내린 역은 언제나 마지막 정거장이었다

—「화정역」 전문

　화정역은 지하철 3호선 원당역과 대곡역 사이에 있는 지하역이다. 화정(花井)이라는 지명은, 개발되기 이전에 이곳은 대부분 배밭이 있었는데 그 배밭 사이에 꽃우물이 있어서 지어진 이름이다. 이곳에 지하철역이 들어서고 그 이름도 화정역이 되었다. 그런데 화정역은 지하역이기 때문에 화려한 이름과는 다르게 늘 어둠과 그늘이 존재한다. 이 시의 화자는 1연에서 "깊숙한 어둠을 이해하려 했지만/아찔한 뱀의 눈처럼 무늬가 없었다"고 하여 이곳에서 살아가는 사람들의 불확실한 미래를 예견하고 있다. 2연에 오면 이런 불안한 예견은 더욱 구체화되어 "느린 걸음으로 다가오는 어둠이/광장에는 떠도는 사람들을 고요로 밀어내고 있었다"는 진술로 이어진다. 밤이 깊으면 지하철역에는 인적이 끊기고 "사람들이 나오지 않는/입구는 차가운 눈처럼 깊"어진다. 이 시의 화자가 지하로 드나드는 전동차를 꽃뱀으로 은유하고 있는 것은 겉은 화려하나 그 속을 들여다보면 어딘가 음침한 현대인들의 이중적인 삶을 암시하는 것이다. 아침이 되면 뱀처럼 웅크리고 있던 삶들도 슬그머니 지상으로 나와서 다시 힘겨운 일상 속으로 들어가게 된다. "내린 역은 언제나 마지막 정거장이었다"는 이 시의 마지막 진술은 이 시에서의 화정역이 지하철 3호선의 한 역이 아니라 불확실한 어둠 속을 살아가는 현대인들이 거쳐 가는, 아이러니한 이중구조를 지니고 있는 삶의 역임을 말해 준다.

2. 불우한 타자에의 연민과 척박한 삶의 리얼리티

이번 시집에 나타난 이필선 시들의 배경에는 대부분 척박한 삶의 구체적인 현실이 드러나 있다. 이러한 시적 성향은 시인의 삶뿐 아니라 현대인들의 삶이 대부분 척박하게 느껴졌기 때문일 것이다. 그런데 시적 화자는 이러한 현실을 비판하려 들기보다는 그 안으로 들어가서 그러한 상황을 함께 느끼고 함께 아파한다. 이러한 시인의 태도는 그의 내면에 불우한 타자에 대한 연민이 자리하고 있음을 의미한다. 그의 시들을 읽어 보면 시인 자신의 시적 성향이 파토스적임을 알 수 있다. 이것은 그의 시에 드러나 있는 시적 성향이나 시인의 성향이 본질적으로 감성적임을 말해 주는 것이다.

그늘 깊은 길가 은행나무 밑
헐값의 푸성귀와 풋고추 마늘 등이
좌판도 없이 쭈그리고 앉아 있다

어둠의 무게로 피워 올린 검버섯들이

삶이 무거워 그림자조차 짧은
여인의 은밀할 것 없는 생을 이야기한다

삶의 옹이마다 버팅긴 힘줄 불거진 손에
담배가 들리고
세월을 걸러 내듯 숨을 몰아쉰다
연기와 같이 딸려 못 나가는 것들이
숭숭 뚫린 뼈 사이사이에 머물고 있다

아침나절 왔다 간 아들에게 엄마는
벌써 삼십 년째 우려내고 있는 사골이다
내가 못 갈켜서… 내가 못 갈켜서…
자식 때문에 한 번도 쉽게 감아 보지 못한 눈에
넋두리처럼 까맣게 어둠이 오후 끝으로 다가온다

언제나 거스름돈이 필요했던 푸른 지폐를
얻기 위해 등골 휜 그녀는
마지막 담뱃재가 땅에 떨어지고 나서야
더 버틸 수 없는 싱싱함을 모아
떨이 가격표를 붙인다

검은 비닐봉지 안으로 그녀가 사라진다

—「노점상」 전문

노점상은 물건을 팔 수 있는 작은 가게도 마련할 수 없어 어쩔 수 없이 행인들이 오가는 길바닥에 쭈그리고 앉아서 물건을 파는 사람을 가리킨다. 이 시의 화자가 노점상을 전경화해서 묘사하는 것은 화자의 내면에 자리하고 있는 척박한 삶에 대한 연민 때문이다. 2연의 "어둠의 무게로 피워 올린 검버섯들이/삶이 무거워 그림자조차 짧은/여인의 은밀할 것 없는 생을 이야기한다"는 구절이 우리에게 울림을 주는 것은 "삶이 무거워 그림자조차 짧"다는 표현 때문이다. 여기서 그림자는 노점상의 힘겹고 어두운 삶을 상징하는 이미지로, 그것조차 더 지탱하기 어려운 절박함으로 읽혀진다. 3연에서는 힘겨운 삶을 견디기 위해 배운 담배 연기를 내뿜을 때 "연기와 같이 딸려 못 나가는 것들이/숭숭 뚫린 뼈 사이사이에 머물고 있다"는 표현이 돋보인다. 이러한 표현은 그다음 연의 "아들에게 엄마는/벌써 삼십 년째 우려내고 있는 사골이다"로 연결되면서 골다공증에서 사골로 이어지는 모성의 희생적 서사가 울림을 증폭시킨다. 이 시의 결말 부분의 "마지막 담뱃재가 땅에 떨어지고 나서야/더 버틸 수 없는 싱싱함을 모아/떨이 가격표를 붙인다//검은 비닐봉지 안으로 그녀가 사라진다"는 표현은 노점상인 그녀 자신이 떨이 물건이 되어 검은 비닐봉지 안으로 들어가는 은유다. 이것은 머지않아 검은 봉지인 죽음 속으로 들어갈 수밖에 없는, 떨이 물건처럼 살고 있는 노점상의 현실을 반영한 것이다.

힘든 길을 걸어왔다는 듯이 멈춘 세탁기에서
브래지어가 걸어 나왔다

젖몽우리 밑 그늘에 수런대던 꿈들을
누구보다 먼저 보듬어 주고
길을 찾아 떠난 이들은 기억 못 하는
남아 있는 꿈을 안아 주고
중력에 처지는 삶을 잡아 주기에
차마 헤진 것을 버리지 못하고 살았나 보다

끈적이는 사내의 무게를 가슴으로 밀어내며
주저앉은 생을 묵묵히 채워 왔을 어둠을 들여다본다

자식 때문에 남은 앙상한 사연들이
긴 세월 종교처럼 쥐고 있던 믿음이
브래지어로 흉내 낸 젖무덤 속에서 뒤척이고
눈물로 채워진 가슴이기에
지금도 울음을 꽉 물고 있는지도 모른다

저 앙가슴에 얼마나 많은 소금물이 흘렀을까
와이어는 지탱하는 힘만큼 휘어지기도 쉽다

한낮 봄볕의 무게를 받으며
와이어 없는 딸이 물컹한 젊음에 기대어

와이어가 삐져나온 엄마를 물끄러미 바라보고 있다

―「와이어 브래지어」 전문

와이어 브래지어는 브래지어 속에 철사를 넣어 여성의 처진 가슴을 받쳐 주는 기능을 하는 브래지어이다. 젊은 시절에는 탱탱한 가슴도 나이를 먹으면 탄력을 잃고 처지게 된다. 위의 시에서 와이어 브래지어의 제유적 대상인 여성은 중력에 처지는 힘겨운 삶을 살면서 때로는 자식 때문에 어쩌지 못하고 "끈적이는 사내의 무게를 가슴으로 밀어내며/주저앉은 생을 묵묵히 채워" 온, 지난한 삶을 눈물로 살아온 여성이다. 따라서 이 시에서의 '와이어'는 힘겨운 삶을 살아온 인생 중후반기 여성을 지탱해 온 버팀목이면서, 때로는 "지탱하는 힘만큼 휘어지기도" 쉬운 여성적 나약함이기도 하다. 이런 엄마의 모습은 "와이어 없는 딸"의 "물컹한 젊음"의 눈으로 바라보면 한없이 안쓰럽게 느껴질 수밖에 없다. 이러한 모습은 나이 든 엄마와 젊은 딸이 있는 가정에서는 흔히 볼 수 있는 풍경이고, 이필선 시인의 가정 역시 예외일 수는 없다. 그런 의미에서 이 시의 '와이어'가 우리에게 주는 시적 상징성은 그만큼 강한 인상으로 남는다.

친구는 삼 년 동안 누워서 나를 부르더니
햇볕에 하얗게 까무러치며 벚꽃이 지던 날
참지 못하고 우릴 모두 불렀다

사각의 꼭짓점을 가득 채우며
환하게 웃고 있는 친구 얼굴 위로
선명한 시간이 흘러가고
삶이 빠져나간 풍경들이 공중으로 흩어졌다

너는 더는 늙지 않겠지만
오래된 기억들은 흑백으로 변하고
물이 기억하고 있던 뱃길도 하나씩 지워질 것이다

국화꽃에서 울음소리 냄새가 났다

인질처럼 앉은 사람들의 구부러진 대화에
웃으며 듣기만 하는 모습이 보기 싫어
바쁘다는 핑계로 일어섰다

어지럽게 널려 있는 신발을 찾아 신을 때
입구까지 마중 나온 친구가 말을 걸었다
"잘 가"
죽은 사람이 산 사람을 부르는 마지막 소리 부음(訃音)
유년의 시절에도 먼저 말을 걸어오더니

순간 나는 알았다
친구의 죽음을 오랫동안 매만지고 살아야 한다는 것을
　　　　　　　　　　　　　　　　　—「부음」 전문

이 시는 삼 년 동안 지병을 앓다가 죽은 친구의 안타까운 모습을 당시의 구체적인 정황과 함께 화자 자신의 연민의 감정을 잔잔하게 드러내는 방식으로 기술하고 있다. 화자의 연민은 특히 "너는 더는 늙지 않겠지만/오래된 기억들은 흑백으로 변하고/물이 기억하고 있던 뱃길도 하나씩 지워질 것이다"라든가, "어지럽게 널려 있는 신발을 찾아 신을 때/입구까지 마중 나온 친구가 말을 걸었다/"잘 가"/죽은 사람이 산 사람을 부르는 마지막 소리 부음(訃音)/유년의 시절에도 먼저 말을 걸어오더니"라는 구절에 절절하게 드러나 있다. 여기서 "입구까지 마중 나온 친구"는 "죽은 사람이 산 사람을 부르는 마지막 소리 부음"이라는 구절로 미루어 보아 망자의 영혼으로 보인다. 산 자가 죽은 자에게 말하는 것보다 죽은 자가 산 자에게 말하는 것이 훨씬 더 큰 울림을 준다. 올해 노벨문학상을 받은 한강의 소설 『소년이 온다』가 우리에게 커다란 울림으로 다가오는 것도 망자의 시점에서 전개되는 스토리와 무관하지 않다. "네가 죽은 뒤 장례식을 치르지 못해, 내 삶이 장례식이 되었다"는 소설의 한 구절이 명대사로 남아 있는 것도 죽음이 우리에게 던져주는, 비교 불가한 울림과 무관하지 않을 것이다. 이런 죽음에의 기억은 화자에게 "길들지 않은 기억"(「서시—흉터」), 즉 "오랫동안 매만지고 살아야" 하는 기억으로 남게 될 것이다.

3. 묶임과 풀림으로서의 사랑과 가족 서사

가족공동체는 혈연으로 묶여 있다는 점에서 그 어떤 공

동체보다 결속력이 견고하다. 하지만 무엇이든지 영원한 것은 없다. 매스컴이나 이웃의 소문을 통해 심심찮게 들려오는 가족 해체 소식은 가족공동체가 더 이상 변화된 시대적 흐름으로부터 자유로울 수 없다는 것을 말해 준다. 이러한 시대적 흐름은 개인적 사랑의 서사에도 예외는 아니다. 몸의 일탈이든 마음의 일탈이든 이 시대를 살아가는 사람이라면 누구나 한 번쯤은 경험해 본 이끌림일 것이다. 이필선의 시에는 가족 서사뿐 아니라 개인의 내밀한 감정 역시 흔한 시적 소재로 등장한다. 이것은 특별히 감성적 성향을 지닌 시인에게서 나타나는 아비투스(habitus)로서의 시적 성향이다. 피에르 부르디외는 가족이나 사회계층의 습속이나 습성, 또는 가치 체계로서의 아비투스는 구조화되는 것으로 보았다. 가족 해체나 균열, 개인적 일탈 역시 시대적 습성에 따라 구조화되어 나타난다.

아내를 실어 나르던 구두가
땀내 전 굳은살의 향기를 풍기며
곤하게 누워 있다

구두코에 하얗게 돋아난
소금기 있는 상처를 닦고
밑줄 긋지 못한
텅 빈 아내의 삶을 세운다

거리는 반듯하지 못해
구두도 힘들게 휘어져 가고 있을 때
나는 무슨 꿈을 꾸고 있었는가

비탈길 많이 걸어
한쪽으로만 닳아 없어진 굽으로
만들어 내는 아내와 그림자의 예리한 각도
그 사이 어디에 나는 있었나

낙엽에 숨은 푸른 계절 뒤편에 있는
뿌리의 기억을 찾아낼 수 있을까?
아내의 구두는

나를 기다리다 소파에서 잠든
아내의 숨소리가 주문처럼 일정하다

—「무지외반증」 전문

　인간의 몸도 나이를 먹어 감에 따라 자신도 모르는 해체
의 과정을 겪는다. 위 시의 소재인 '무지외반증'은 특히 구
두를 신고 직장 생활을 하는 여성에게 흔한 병이다. 여성
의 뾰족한 구두 앞머리에 발가락이 휘어지면서 생기는 이
병을 화자의 아내도 앓고 있다. "아내를 실어 나르던 구두
가/땀내 전 굳은살의 향기를 풍기며/곤하게 누워 있다"는
진술로 미루어 아내의 무지외반증이 땀내 전 구두에서 왔

음을 짐작할 수 있다. 그런데 이 시의 화자는 무지외반증이 단순히 발가락에 생기는 병에 한정되지 않음을 암시하고 있다. "거리는 반듯하지 못해/구두도 힘들게 휘어져 가고 있을 때"라는 표현이나 "비탈길 많이 걸어/한쪽으로만 닳아 없어진 굽으로/만들어 내는 아내와 그림자의 예리한 각도"라는 표현에서 우리는 아내의 순탄하지 않은 삶이 반듯하지 못한 사회구조나 비탈길같이 힘겨웠던 아내의 삶에서 기인된 것임을 알 수 있다. 그런 의미에서 나라나 사회나 가정이나 개인 모두 무지외반증을 앓고 있는 것이다. 이러한 상황을 시적 화자는 일반적인 사회현상으로 보지 않고 자신의 삶의 태도와 연관 지어 바라봄으로써 개인적 윤리와 연결시킨다. "그 사이 어디에 나는 있었나"라는 화자의 자기 성찰은 "나를 기다리다 소파에서 잠든/아내"를 바라보며 느끼는 연민으로 번진다.

묶이는 것에는 다른 삶이 있고
이윽한 향기가 허공에서
너의 잔 숨결까지 들이킨 날
낮과 밤에는 지울 수 없는 무늬가 있다

향기가 시들지도 익지도 못하고 있다

결대로 찢어지지 못하는 소리가 바스락거린다

햇살의 무게에 향기가 뼈가 되어 주저앉는다

숨을 들이쉬면 물컹하고

뼈가 꿈틀거린다

—「꽃다발」 전문

　우리의 삶은 묶임과 풀림이 반복되는 구조로 되어 있다. 가족이 결성되고 해체되는 것이나, 개인의 사랑이 이루어졌다가 이별로 귀결되는 것이나, 인간이 태어나 지구공동체의 일원이 되었다가 죽음으로 세상을 하직하는 것 등 우리네 삶 속에는 묶임과 풀림이 다양한 모습으로 나타난다. 이것은 일찍이 들뢰즈가 인간의 삶의 구조를 주름의 다양체(multiplicity)로 본 것이나, 그의 영토화와 탈영토화의 개념에도 부합된다. 지렁이가 땅을 기어갈 때 주름이 이완을 반복하듯이 인생 또한 다양한 주름의 모습을 보여 준다. 위의 시 「꽃다발」은 "묶이는 것에는 다른 삶이 있"다고 하여 개인적 삶과 집단적 삶의 차별성을 부각시키고 있다. 그러므로 꽃다발로 묶인 사랑의 "이윽한 향기가 허공에서/너의 잔 숨결까지 들이킨 날/낮과 밤에는 지울 수 없는 무늬가" 생겨나게 되는 것이다. 그러나 이러한 과정에는 늘 새로운 변수가 등장하게 마련이다. "향기가 시들지도 익지도 못하고" "결대로 찢어지지 못하는" 기대에 어긋난 상황에 놓이게 되는 것이다. 이처럼 삶의 주름 속에는 빛과 어둠이 함께 존재한다.

　묶이고 풀리는 구조는 「홋줄」에도 보인다. 정박한 배를 부두에 연결시켜 주는 밧줄인 '홋줄'은 배를 묶기도 하고 풀어 주기도 한다. 또 다른 시 「주차장」에서 차들이 주차장에 모이고 흩어지는 모습이나, 여름철 장마가 져서 "흥건한 빗소리가 생각을 구부려/여러 겹의 기억을 만"드는 행위도 동일한 구조를 가지고 있다(「장마」).

신발을 신는 순간 날개는 퇴화하고 땅은 꿈을 가지기 시작했다
외롭지 않기 위해 사람들을 만나기 위해 걷는다
외로운 것은 뼈를 가지고 있다

세상은 기우뚱해 신발과 마찰로 물집이 생기고
뒤축은 닳아서 물집을 어루만졌다
덧니처럼 생긴 굳은살은 언제나 숨어 있고
상처의 위치를 서로 알고 있다는 것은 위안이 된다

신발의 크기가 바뀌지 않을 무렵
시간을 조금씩 깨물어 먹으며 스스로 삶을 유폐한다
햇빛을 밟고 지나가고 싶었던 길 위에
밟힌 풀 한 포기의 초록을 기억한다

신발 끈이 풀려 묶는 곳은 길가였고 그곳에는 꽃이 있었다
꽃잎을 주우니 바닥이었다
나를 비추는 별에서 가장 먼 곳에 있는 것은 발이다

내 발에 자신의 몸을 맞추어 가던 신발을 잃어버리고
나로 인해 부러진 향기와 리듬을 모른 체하고 돌아오는 날
부력을 잊은 폐선 곁으로 밀물이 다가왔다

신발의 꿈은 맨발이었고
신발 속에는 달빛이 가득했다
천사는 신발을 잃어 날개가 생겼는지 모른다

비로소 한 줄이 완성되었다

—「이력」 전문

　세상의 모든 것들은 자신만의 이력을 가지고 있다. 그 이력은 경험과 시간의 축적으로 이루어진 것들이다. 위의 시는 "신발을 신는 순간 날개는 퇴화하고 땅은 꿈을 가지기 시작했다"는 진술로 미루어 보아 화자가 이상적인 삶보다는 지상에서의 현실적 삶 속에서 자신의 꿈의 이력을 펼칠 것임을 암시해 주고 있다. 그러므로 이 시에서의 '신발'은 경험적 신발이다. 화자는 "외롭지 않기 위해 사람들을 만"나는 행위를 통해서 세상을 경험하고 싶어 한다. 하지만 이러한 행위의 결과가 그리 긍정적인 것만은 아니다. "세상은 기우뚱해 신발과 마찰로 물집이 생기고/뒤축은 닳아서 물집을 어루만졌다/덧니처럼 생긴 굳은살은 언제나 숨어 있고/상처의 위치를 서로 알고 있다는 것은 위안이 된

118

다"는 진술만으로도 인간관계를 통해 세상과 소통하는 행위가 그리 만만한 것이 아님을 알게 해 준다. 이러한 상황을 극복하기 위해서는 발에 맞지 않는 신발을 바꾸거나 풀려 버린 신발 끈을 다시 매 주어야 하는데, 그러한 행위 역시 인간관계 속에서는 그리 간단한 것이 아니다. 그리하여 인간은 결국 "햇빛을 밟고 지나가고 싶었던 길 위에/밟힌 풀 한 포기의 초록"을 보게 된다. 즉 자신의 기대에 어긋난 삶을 경험하게 되는 것이다. 그리하여 화자는 인간이 신발을 신고 딛게 되는 모든 곳이 '바닥'임을 깨닫는다. "꽃잎을 주우니 바닥이었다/나를 비추는 별에서 가장 먼 곳에 있는 것은 발이다"는 인식이 그것이다. 결국 화자는 "신발의 꿈은 맨발이었고/신발 속에는 달빛이 가득했다"는 삶의 아이러니에 도달한다. 여기서 '달빛'은 사랑의 은유처럼 읽힌다. 인간은 누구나 이러한 삶의 아이러니 속에서 비로소 자신의 새로운 '이력' 한 줄이 완성되는 것이다.

이필선의 시들은 누구에겐가 조근조근 들려주는, 감성이 풍부한 사춘기 시절의 편지 같다. 그것은 그의 시가 산문 같다는 의미가 아니라 시적 감성과 감수성이 그만큼 뛰어나다는 것을 의미한다. 그의 시는 스스로를 드러내기보다는 그늘 속에 조용히 숨긴다. 이러한 시인의 성품을 이 글에서는 '그늘로서의 에토스'라고 명명하고 있는데, 시인이 품고 있는 고유한 성품인 에토스는 의식과 무의식을 통해 그의 삶 속에 내밀히 새기는 나이테와 같은 것이다. 이필선의 시가 전반적으로 울림이 큰 것도 이와 무관하지 않다. 그의 시의 최대 강점은 관념적이지 않고 철저히 현실에 바탕을 두고 있다는 점이다. 특히 그의 시에 드러나 있는 불우한 타자에 대한 연민과 척박한 삶에의 리얼리티는 그의 섬세한 감수성과 만나 독자에게 깊은 울림을 전해 준다. 그의 시는 현실에 바탕을 둔 리얼리즘 시이면서도 건조하거나 경직되어 있지 않다. 그것은 그의 시가 어긋나거나 부조리한 현실에 걸맞은 풍부한 상상력과 비유, 언어 표현을 균질감 있게 운용하고 있기 때문이다.